我和我的餅乾屑

——某偏執。潮溼。酖酖的蠹魚。

我和我的餅乾屑我和我的餅乾屑我和我的餅乾屑我和我的餅乾屑我和我的餅乾屑

●鵝黃色 著

●丸子 繪

開幕。

Contents

卷一

青春誓言

我的青春在塗鴨裡渡過。
誓言不想大聲説但總要寫下來才安心。
……

Contents

卷二

練習的獨角獸

縮起來睡的夢境
容易覺得冷
……

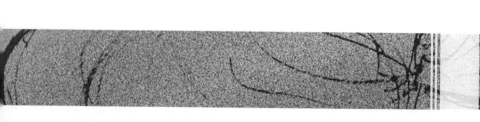

Contents

卷二

意外的笑話

生活裡總不缺乏剛出爐的笑話。

或許換了服裝。手勢。名牌。

……

卷一 青春誓言

我的青春在塗鴨裡渡過。
誓言不想大聲說但總要寫下來才安心。
小小的冊子裡於是擠滿了喋喋不休的餅乾屑。
祕密以詩的型態保存。封印。開闢小徑。一方森林綠座。
並不難指認，卻已不是原來的草原。
青春的妖繞還是被好事的手，擠壞了。
時間，終留不住青春。

01 口

整個夏天

我瘋狂的閱讀。寫字。

只是想確定

確定我的悲傷是假的

曝曬的記憶終於

也有了乾枯的理由——

申請一個嶄新的屍體

口

詩·心·話

我是真的。我是真的。

02 寫信——致焦慮

拔尖的耳鳴持續不斷地
按入　伸手
試圖關掉某些氣味。
思緒依類目排隊傾斜的書冊
中央伍對齊的時候
我大聲地唸了一則寓言：
『從前從前有一個國王……』
有人笑了

詩・心・話

焦慮。或預見的降靈會，
總是祭師難以言說的鬼。

寫信——致焦慮

客廳裡傳來政治劇場的戲碼
演員嘶竭信仰著正義
接著 是氣象報告——

本台消息：
**颱風將在十六小時之後全面登陸。

孤島氣溫
非常
非常地悶熱

03 書店的告白：靜微的等。甜是你對愛的証明。

靜默地和一首首可愛的小詩交換微笑
微涼
的心情將
等待泊成碼頭
甜蜜的
是
你隔著愛情的河
對著光潔的聖經閱讀
愛

書店的告白

的真諦　只為
証實天使的光曾經
明朗地照過你的心

詩・心・話

詩的告白會比較高尚嗎？

04

我們苦難的休止符

總是一隻黑咖啡的手喚醒
清晨　在溫度裡確定
深刻的海就要淹沒紅色游衣——
兩個麵包。一種哭泣。

詩・心・話

我們是大小不一的月亮。
口味不一的小月餅：
你是棗泥。你是綠茶。

我們苦難的休止符

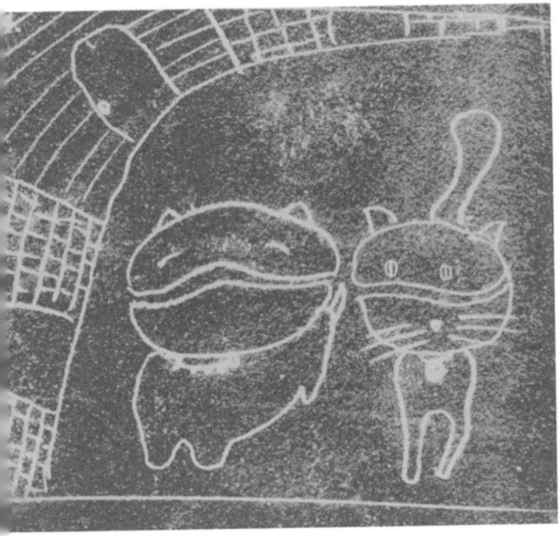

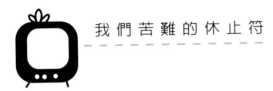

05 流疏

慶典之前
神說：
凡是我的子民都將
平均分配新上市的眼鏡、相機
和口紅。
幸運者額外獲贈限量香水

公告吸引大量的民眾前往排隊
早到的杜鵑
笑聲嘻鬧過街
成群結伴地
展示甫新上市的濃妝

詩・心・話

流疏的美還是被我庸俗了。

流疏

顏色們迫不及待地以各種歡呼的圖騰
開罐塗抹在剛睡醒的湖城

湖城裡
擁上舞台的人潮
煮沸了街的溫度
一種取暖的姿勢：

慶典之後
你龐大地出現—命定的遲到者。
趕不上的挫敗
細緻地哭了一場春天的雪：
過期的青春
限量的香水

06 葬禮

語言文字複合式的垃圾場裡
耗竭而不敷重複使用的電池
徒然囤積於記憶的邊陲地帶
那些我曾愛過的男孩——

而當我抵達會場看見
自身曲捲於
透明真空的棺椁之中
憑弔的人潮
湧入　拍叩靈案之後退場
時間

葬禮

在空洞的眼黑裡無聲地
往後流去
美好的日子都褪色——

主祭師誦唸詩句
核對疼痛的韻腳格律
晦澀、偏執、皸裂的部份
一一懸吊示象
關於知感價值：
瑣碎的數字埋葬我，一次一次。

詩・心・話

人不是我殺的。

07 我們的鬼

窒息的四月
我們的鬼旅行至孤島
他踏過的街道、商店都變成廢墟
拜訪過的朋友全面隔離
啊，荒涼裡
所有的文明都漠不關心
白霧迷蔓吞噬我們的口鼻
電視以馬拉松接力翻挖議題
壓迫我們的眼睛
無形的戰爭：

詩・心・話

沙士。壞人。戰爭。不要再來了。

我們的鬼

消毒水、洗手乳、耳溫槍

親愛的朋友
我們約定
不聚餐、不握手、不微笑

城市壁壘分明的切割

我們的鬼
帶走我親愛朋友的心

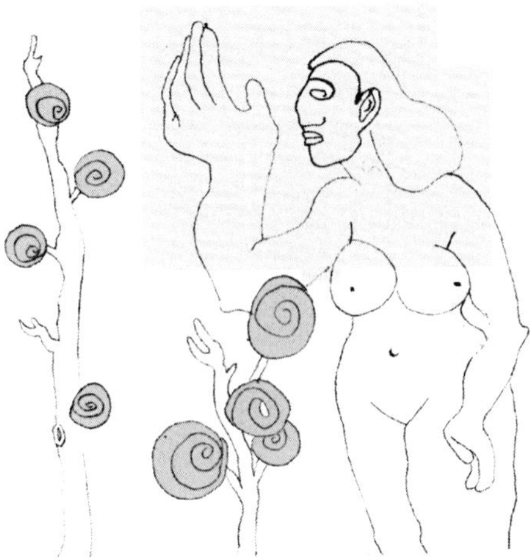

08 隔夜茶

大量的矩陣點迷
霧
在攤展。飄浮。沉默。
舌
在拍打。旋轉。成長。
一朵有毒的罪
一種潰爛的花
你
在打開
像層次地剝開傷口
剝開樹林

詩・心・話

也有馬克白情結嗎？

隔夜茶

透過葉縫的光
篩紋身體的局部

這是證據。

聽呀！
針狀的眼光
在擦拭
擦拭微涼的周邊道路
關上窗戶
夜暗暗地下起雨
地下室的打擊樂

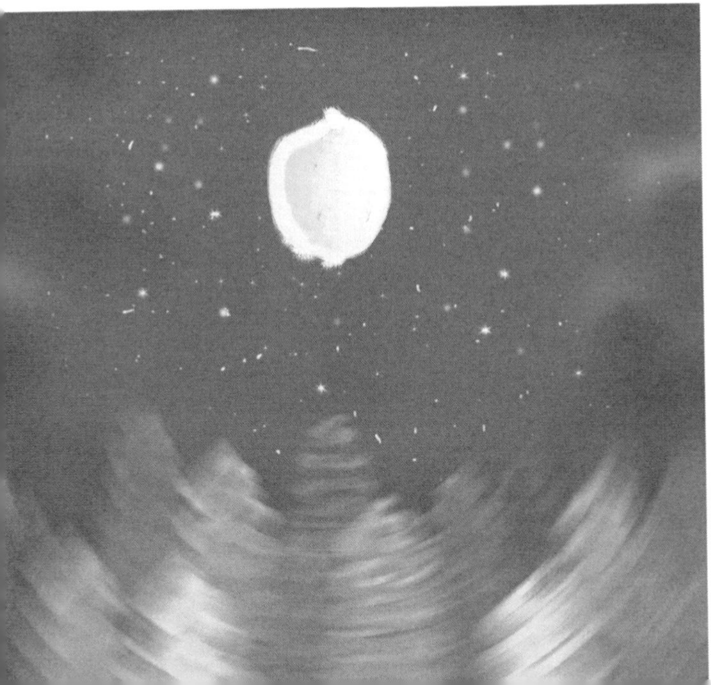

09 夢中詩人

開設麵包廠的人：
施碾、烘熱冷卻或裝甜
擅長幾種切開的方法
同時是藥劑師、挖礦工人、舞蹈家和商販
社會性的說詞給他一件衣服
穿上去像完美的蒼蠅
避免誰英雄式的崩潰。

他們信仰一種香味
安靜而無人聲
偶爾狐狸的孩子氣

詩．心．話

我們都愛麵包。及麵包屑。

夢中詩人

脆弱時刻的來臨
一口應咬而裂響的蘋果：
咔。咔。咔。
大聲多汁的情感
徒剩褐變
之後的滄老
裸體硬核的
總是忘了削皮

10 我妹妹

詩剛起頭：
　　你要往那裡去？
妹妹　沒有轉身
提不動的肩頭，嚶嚶的抽動
挺直的背在偎縮
低低的暮色下垂

今日晨間有大霧
霧散前　你說
親睹了一群飛離的雁

我妹妹

一場突兀的美麗

霧散後
你緊緊握住自己
浸溼手心　手背

妹妹
關於迂僻是
龐大固執裡逐年鬱積的河床
黃沙平原上
貧瘠的肋骨
敗腐的胃
體現偏食的沙漠型氣侯
雲層急驟濃灰

詩・心・話

一再開始又結束。

眼睛無法調亮
你只能沿著路緣直直
　　直直的走去。

妹妹
你要往那裡去？
我們和詩　才剛起頭

11 強迫坐下症

旅行失去方向感
耳朵忘記配戴眼鏡
順著河彎彎
隨著雲飄飄
直到看見月光椅子
基於某些難挨的躁熱
你喜歡坐下
喜歡坐下
『不要再坐錯位子了。』我。憤憤地說。

詩・心・話

可以以暴制暴嗎？

「可那裡有光……」你。小聲囁嚅著。

你的表演活動引來大量的繩索
勒出紅紅的痛
鞭打著我學習說出椅子
讓你坐下
　你喜歡坐下

沈默在開花
摘下之後
不能再繁衍什麼

12 性癖好

你說話習慣揮手壓腳
喜歡一種口味及其葡萄
搪塞甜食的地下室
青春騎住大量咖啡滴熬
人性電影裡複習失焦

小熊香水噴噴
蓋掩過期的香蕉
撕開眼神的片刻——
我們活著一如同時出爐的牛角

詩・心・話

身體都知道。

如何解釋日光提醒清曉——
不同的時點啃嚼著相同的歌謠
我以手指誓眼睫毛：
不能跟你跳舞
就讓我們一起尖叫。

13

過程

偷渡了夕陽的腮紅
圓月開始消瘦
謹慎而細膩地撲妝
人們試探、挑釁的手
輕拈你仍帶青澀的臉
始終觸不到飽實的心
你遂問：
『會不會寫詩？』
嗜詩選青色
嗜甜選橘色

月亮離開
天空應景地下起眼淚
體貼地
你以凸凹凸凹的心
填平落下的缺
關於被遺棄的傷——
你懂得

思瓣分組
兩兩三三　或　獨單
最後通行的道路
終是相通
就別再端詳
蜜甜抑是哽澀

過程

品味的人才能了然

你說
要緩慢地咀嚼你才能
讀出成籽的詩句
梳爬細縷牽長的絲髮
虔誠地要我吃下

剝離保護的包裹
歷經幾番搓洗
退不去沾染的曾經：
澄色的九月——染紅的晚霞——不成型的祕密。

詩・心・話

還是吃橘子比較不感傷。

卷二 練習的獨角獸

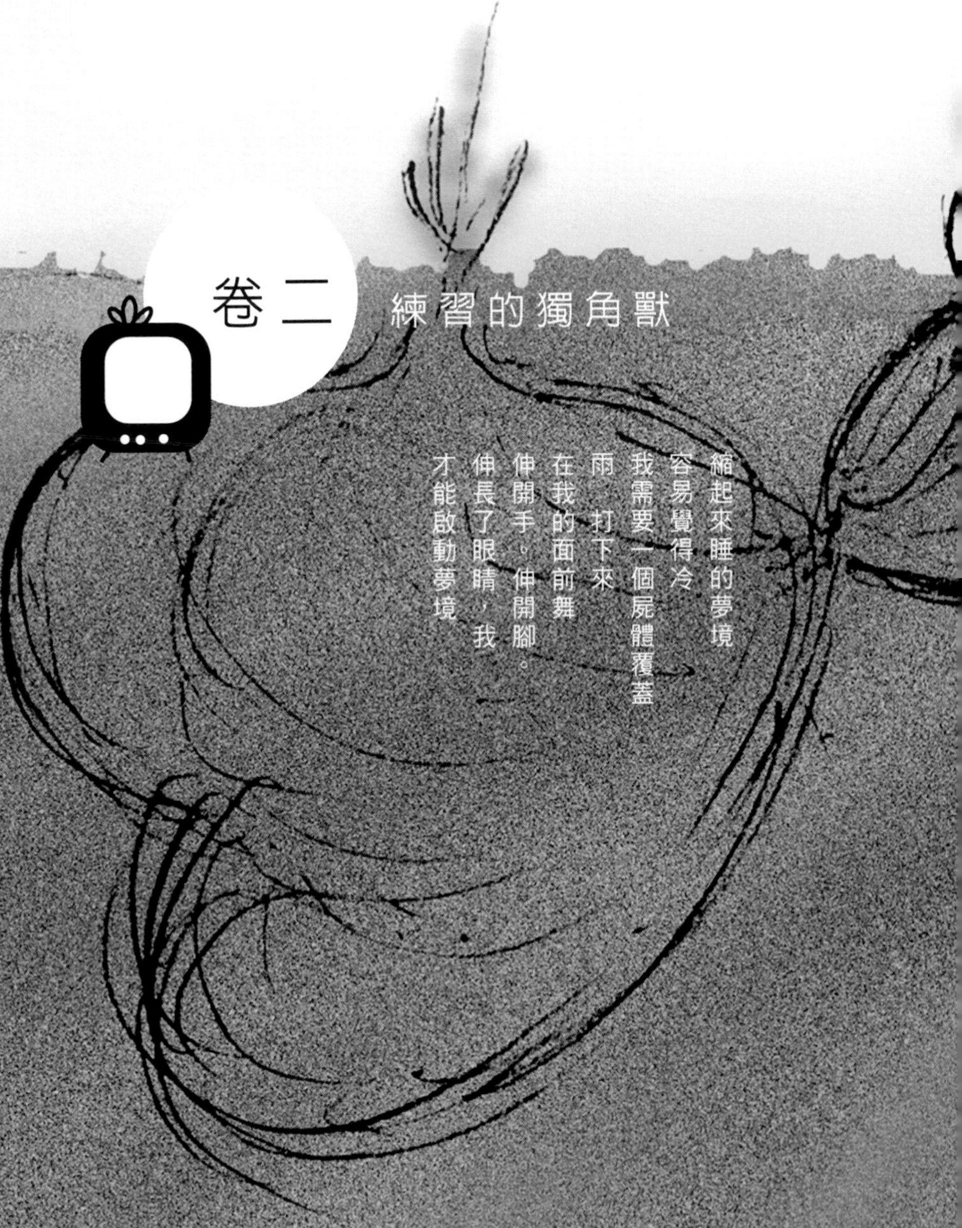

縮起來睡的夢境
容易覺得冷
我需要一個屍體覆蓋
雨，打下來
在我的面前舞
伸開手。伸開腳。
伸長了眼睛，我
才能啟動夢境

練習01 原地踏步

Dear s：

台北的天氣轉悶，春天走了。

昨晚一個人在昏暗的學校側門等候284。

一對情侶趨車停泊在額頭前——我十二點鐘方向。

別過臉，映入眼簾是對面淌著血的「God is Love」——

教堂式的告白。

回過頭，男孩剛離開女孩的嘴唇。

284還是一貫地失約。

幾週的密集考試。密集搬家。密集失眠。

原地踏步

體質原本就敏感的我更加疲困。
心，一直一直是隱隱的疼痛。
疼痛是我哭不出的眼淚。

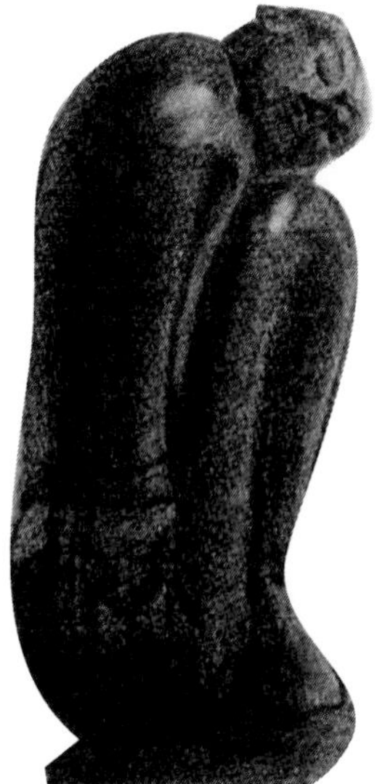

練習02　我咖啡你的果汁

Dear s：

上帝為我開展的，
原來是一座遊樂型動物園。
進入那裡，必須以單純的心情購買一種就是如此的門票。
園裡每一隻動物各自歸居在適性的柵欄裡，
因為有過輕微的觸動，或交流過彼此的一種二種三種體液，
而在以後偶爾想起對方的臉。
但是，
所有我們的空蕩蕩的房間，
只有我記得：

我咖啡你的果汁

我咖啡過你的果汁

練習03 Too young to die

多年之後，我偶爾會想起小時候最害怕的那個惡夢。
它就像是早已折損、過時而不堪再播放的黑膠錄影帶，
生活停格的瞬間，入夜之後黑黑地壓痛了我。

曖昧不明的灰色詭譎，
冠軍進行曲略慢板而濃密的擴散音質的分布。
空氣裡有荒廢多年的空調味。
搭乘在沒有其他人的敞蓬小車。
（沒有。確定沒有。）
流動的灰色世界開展直曲直曲的路徑看似永無止境。
那裡，沒有手錶。
（沒有，確定沒有。）

Too young to die

常常在極度緊繃中，醒在夜的凌晨。
黑暗裡，身體不敢動，無法開燈照見什麼。
慢慢地伸手摸索圍在身邊的玩具娃娃，
一個個是父親出差時捎回來給我作伴的朋友──
穿著保護塑膠膜的毛絨絨大兔。
比我高的長頸鹿。
可以騎乘的軟弱老虎。
嘴巴很大的唐老鴨。
米老鼠家族。
傻傻的高飛狗。
善良的大熊。
我在一一可以確認的時刻裡等待著天亮，
在天亮之後安心地死去。

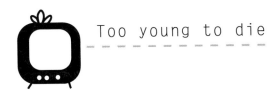

練習04 遇見

總是在七點半，
公車會乖巧地彎進開始有些擁擠的忠孝東路。
健行在橫向的復興南路，
你微微的醒，所有的店閉著眼都還在睡。
一家二家早餐店忙碌的吃食著，
三家四家便利店禮貌地開門。
總是在七點五十五分，
你會轉向有些發汗的和平東路。
固定買一份，
老板精心切割的丁丁塊塊水果拼圖。
八點零五分，

遇見

你看見哈士奇，哈士奇男孩看見你。

練習05 夏季旅行

隱約知道那是一個沉潛而蜷蜷於暗處的瘤。

漫長而寒冷的冬天開始，仍是慘白、略顯笨拙的四肢便開始練習曬太陽的姿勢。冬天過去春天到來，連月多雨的潮濕令人悶煩，體內便盤算著進行一場小規模的出走：

花費長長的心思在閱讀旅行文學。把最具詩意的意識流駛向古老街巷的河道。夕陽色的柔焦鏡頭下，暖風踢踏著肩，以平快板的速度，胡綴地哼著即興曲。

關於那些長久無行成行的耽想，你以數字編排想望的次序，彷彿所謂美好生活是投射在地平線的他方——

夏季旅行

離開這裡到達那裡，就會有人懂得。

然而有一天，天氣熱得不像話，走在路上，和手上的霜淇淋比賽流汗的速度，在那樣遲滯的緩慢裡，忽然懂了。沒有人貼出換季通知，夏天就來了，

還沒有穿上切確的心情，夏天就站進了天空，怔日地豔陽高照。覺得好像被自己誑了一場，廉價地發現滿街都是打過折的夏日，拋售著你殷勤期盼的清涼。

之後長長的暑日，只進行大規模的發獃，或者破碎的閱讀。

沉默的時光，夏天貼附在濕透的襯衫上，乾了又濕，濕了又乾，涼爽的出走只停留在美好的設計圖紙裡。沒有開始，也沒有結束。

練習06　夢中生活

不再令天使憤怒的人，
總是不分時間或者身分的擠近我小小的客廳。
我們始終沒有談論心中的疑題。
（甚至離開客廳也不談。）
任由嘴中吐出像泡沫不斷的對話，
持續著瑣碎而無力的夢中友誼。
細淡而無味的往來，像我們分道揚鑣的預兆。
以致於每次我離開那裡，再也想不起任何交談的內容。
社交性。空蕩而易於遺忘。
應該是屬於過去的區塊，倔強在日夜的移動下聚合。

夢中生活

波搖似乎無害的晃現，並不影響我的思緒。

進來是為了什麼？

我總是想不起他們說了些什麼，交付給我的什麼，

在我又離開客廳之後。

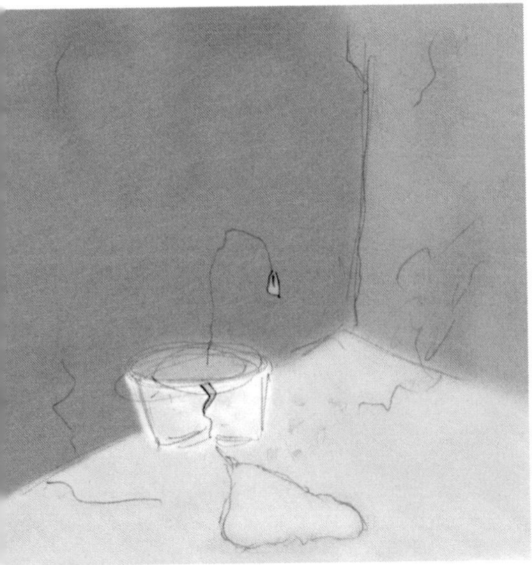

練習07 再見。自己。

叫做時間的河緩慢的流，直到遇見夜晚。
我並不怕黑。點一盞光亮，怕看不見自己。

我在那裡？
能到那裡？

情緒在開始。在爬升。在衝刺。在洄溯。在關門。
週而復始地比賽著疲累的過程。
比黑再深刻一點的失眠天，讓我們再重新開始好嗎？

再見。自己。

再見。自己。

卷三 意外的笑話

生活裡總不缺乏剛出爐的笑話。
或許換了服裝。手勢。名牌。
程度上有輕盈的差別，
但是笑話的本質還是存在。
無時無刻，上演著。

01 You Don't Know

前天發生了一場小小的車禍。

乖巧的我們一家四人，車停在大武崙的十字路口。
紅綠燈的等待裡，一個粗心的男孩還是撞上了我們。
踫的，好大一聲。

我們隨著聲音，身體和車子一起略略飛行向前。
人車安全著陸。

但是整個後車廂因重擊而曲扭了嘴。
像缺了牙的老人。
關不上的門。關不上的落寞。

You Don't Know

事後車禍處理的後續動作因為人員的拖慢而花費了一個下午。

警員一直很優雅。肇事人一直搔頭。車場人員一直試著關上後車廂。

一直很煩。

一路上我隨身的DJ播放的是「自然捲」的HOW MUCH：

HOW MUCH I LOVE YOU
HOW MUCH I LOVE YOU
I DON'T KNOW
I DON'T KNOW
I DON'T KNOW

我想起千尋和無臉鬼坐著海的火車要去遠方。
手中領受著可能回復想望記憶的車票，就要前往。
海的窗戶裡湧進浪潮節拍，未來雖然不知道有多麼艱辛，悠悠晃晃裡，心情很家常。

吉他略略無力的幽微背景音樂裡，歌手堅強的訴說心中反覆的問話。
是呀，再多那麼一點，或許我就不用思考這些天以來對你的情緒。
一直以來就是保持的安全的距離，上一次的離開，還是給了我啓警。
無效的是，那天你無敵的溫暖，你主動哈囉，翩然地降落我身邊，直到我看見你眼中的光，易感的我，再也管不住自己。

You Don't Know

米蘭昆德拉說的：幸福的重覆。
因為我在那裡看到愛情的可能，那怕是些微的熱，
我就將自己壓得扁扁的，嵌進光的裂縫。
我還是重覆地出發了。

02 藏匿時光

總覺得真正屬於我的男生是個捉迷藏高手。

捉迷藏遊戲。記得嗎？

小時侯玩得遊戲呀。當鬼的人腳踏著鐵罐轉身伏在牆面，好小心翼翼地從一數到一百，不時以斜眼偷看同伴的行跡，並且再也忍不住地的詢問『好了沒？』。你熟稔地滑進自己的秘密基地，安靜地蹲坐著。

外面不斷地傳來玩伴追逐的笑聲，當鬼的人已經離開你好一段距離，你確定可以快速地往鐵罐點衝刺，噹的一聲，又可以展開新的一局。但是，你老是有不切確的心

藏匿時光

情浮著，雖然想奔跑——飛揚拔扈——最後，仍然杵著。

而你只是不安。

蹲坐在基地裡時你會想像天空是一抹很藍的果醬，白雲的顏色像極了你最愛的香草冰淇淋。空氣很軟，帶有一點復古的香味。風很輕，在左耳親密地吹著口哨。

一個人待在安全裡太久時，你開始希望有人找到你。

你期望因此而開始反覆練習的步伐，當你跑動出來，你知道有人會看見你。但真的是如此嗎？發現你躲匿點的人，真的知道你躲在那裡嗎？

於是，有一天你也當起了鬼，倒數的過程中你才發現一百到零其實好遠，因為靠在手臂上而蒙住的眼睛，出現了萬花筒裡的轉動圖象，你覺得眼花把頭抬開（決不是偷看）。數到零之後，四下空寂。不知道大家都躲到那去了，但你知道有好多眼睛仔細地監視著你。你憑感覺走去，發現了玩伴，你們爭相跑回原點，然而，不是你太慢，就是他太快。

噹的一聲，重新開始。

長大之後就再也沒有玩捉迷藏。

生活的路線變得好直，總是安安靜靜地一個人走。有時，路上出現了一些好人。好人的心很良善——擔心你的獨立——擁抱你的旅程——只能是個好人。

後來，你開始喝咖啡，才發現熱熱的黑咖啡和眼淚的溫度很像。情緒沸騰之後，一點一滴蒸餾心中的原汁原味——苦苦的，酸中回甜。

等待的時光裡你習慣搭配一杯燙口的溫暖，或許在太陽下山之前，有個人終於發現：「嘿，原來妳在這裡。」

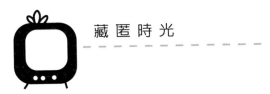

03 人潮跨年

2003的最後一刻還是去了倒數跨年。

一群女生浩蕩蕩地出發，抵達總統府時已接近倒數時分，我們隨著人潮的焦慮飛奔起來，好擔心就要在馬路上跨年。

時間的迫近讓我們不分親陌地貼擠在一起，氣球。煙火。彩帶。蹤滿視野之餘，我們告別2003。

好不容易划過人群，五月天的歌聲把學妹反向拉回。演唱會的感動總會帶我回到十五歲的夏天——。

其實快樂很簡單。看著學妹跟著五月天的音樂那麼開心地跳著，我知道有些善良，有些快樂，有些幸福，有些專注，其實是可以選擇的。我可以從容地看，從容地

人潮跨年

聽，從容地想，從容地走。路上的人並不那麼重要，喜歡你的人可以和你一起走，傷害你的人也會走過去。畢竟只是一段。

S。這並不是我所能選擇的選擇。
我多麼希望自己再可愛一點登場。
但我不能。
每每想到這裡，就能對那些粗鹵者寬容：
我們一樣的無能為力。

人海退潮後，我們徒步回家。路旁即沖即食咖啡，免費提供速食溫暖，好甜好甜的面對新的一年。

幾年來的年終如此妖嬈地度過，回首時還會想起處在人群中腦袋淨空的一刻，也只有在這些時刻，才發現自己的脆弱。

S。台北看不到海。

偶爾在擁擠的捷運裡感受被匆忙沖壓而過的撞擊力。

嗶嗶嗶聲之後，關掉海的想念。

關掉想念。

晚上走路抬頭看看陪我回家的天空才發現，
台北不適合看星星，適合看雲：
是一種不同的風景呵。
是不同的心飄流在一起才能形成的聚合呵。

S。我們的陽台形成不同的欲望。

人潮跨年

栽種。成長。占領。肥沃成植物，站滿空間無法除去。

朋友送我回住處。
我在收留我的小屋裡，
慎重地寫信。
慎重地替換2004的日曆。
慎重地收起2003的日曆。

04 天公的誕生日

燈一開。逐漸地打亮。一人。一室。

大規模的沙漏：一直呈滑流狀態。沙漏一直流。

今年的冬天，好冷。

雖然保溫裝備完足，戴上毛手套的雙手仍是搓不去與生帶來寒冷。

偶爾外頭風一刮著，便機伶地打了個冷顫。

街的另一頭不時傳來鞭炮聲。

劈哩趴啦。

其實從清晨開始，即使鎮坐在臥室裡，隔著陽台，都可以清楚地聞到街上到處轟得激動的火藥空氣。

天公的誕生日

拜天公。初九天公生。

一場祕而不喧的降靈會。

對面的老阿伯在燒金，火勢之大像要攀越過境。紅通通的小鬼圍著黑爐跳舞著。阿媽端莊地閉目喃喃咒唸著。

隔著落地窗門縫觀察他們的儀式。

（一如以往老阿伯倚在陽台賊賊地看著）。

突然明白：生活百無聊賴。

小小的供桌上擺了滿溢出來的祭品。烹調入時的熟食仍熱力傳送氣味。

食物的味道並沒有引起想咀嚼的欲望。

但是你一向害怕肚子餓——極度需要填滿自己的空虛。
那種空，讓我們想輕生。

欸。聊表意識地列印了幾首文字。
讓我們也來燒詩。
火一爬上白紙的門，就黑黑地咧口開合。
嘿嘿嘿。
火完全閉嘴前告訴我的。

05 Pralines情人

想起去年冬天還不太冷的時候，我翹掉戲劇課，一個人窩在住處看電影。美麗的星期六下午。美麗的電影「濃情巧克力」。

我的朋友都鍾愛吃巧克力，巧克力向他們伸出魅惑的手，無一倖免。就像「濃情巧克力」的情節一樣，當巧克力進入民風保守的法國小鎮，即使處於禁食的齋戒期間，品味過巧克力滋味的人，仍甘犯信仰眼光。

我曾觀看過朋友食用巧克力的表情，那幾乎是暫時放下一切瑣碎，而專注地細細吃食。

「為什麼喜歡吃巧克力呀？」

我小心地詢問朋友。

（總是問了才後悔。

至今我仍覺得詢問他人為何喜愛某某嗜好或食品，真的是一件無聊的事。喜歡就喜歡還分什麼為什麼。）

「就喜歡啊。而且吃巧克力有戀愛的感覺喔。你不是喜歡喝咖啡嗎？那應該會喜歡吃巧克力，因為他們都是可可豆家族嘛。」朋友說。

在朋友的熱情推荐下我吃過不少品牌口味的巧克力。以日系巧克力來說，只有Meiji出產的巧克力令我滿

Pralines情人

意（大概是嬰兒時期留下來的偏食症：母親告訴我小時候只喝Meiji的牛奶。）。歐產的口味亦不錯。台灣市面上可以看得到的巧克力普遍偏甜，大概是迎合民眾喜愛吃甜。我太不嗜甜，所以一直以來不那麼喜愛巧克力。雖說巧克力和咖啡豆都是可可家族，但是喜歡哥哥不見得就會喜歡弟弟，他們走得路線畢竟是不一樣的。

食品專家說巧克力裡頭含有豐盛的苯乙胺可消除憂鬱的心情。每百克黑色巧克力有53.5毫克的兒茶酚，可以抗氧化物質，清除氧自由基。類黃酮物質的天然化合物能助機體細胞抵抗自由基所致的損傷。其中的氨基酸可促進皮膚組織生長及修復。

巧克力算是一種高糖含量的甜食，加上可可豆本有提振精神的作用，扣除口味上的個人偏狹，食用時能帶來心情愉快是可以預期的。至於諸多對身體的好處倒是其次，心情開朗就很值得。

近些年來的西洋情人節我都會身邊的朋友準備巧克力。今年還做了手工巧克力。天氣轉晴的那一天，我聯絡喜愛烹食的朋友一齊採買巧克力材料。食品材料行因為顧客增加而延緩了休息的時間。結帳時老闆娘好奇的問我，到底那一天是情人節（她大概是被正統情人節，白色情人節，那些有的沒有的節日名份搞混。）

好幸福喔，她說。

晚餐後忍著胃痛的不適和朋友進行當天完成製作的

Pralines情人

進度。我的部份完成時已是凌晨時分，身體的疲累及疼痛已讓我無法思考，只好先行辭別朋友。回家的路上，我走在微冷的巷弄裡，想起朋友說的話「究竟我們是為誰辛苦為誰忙呀？」

我知道他是為誰，但我為誰呢？

幾個較有往來的女朋友也不知為什麼，一直以來仍是單身的狀況。並不是所謂外界所說的社會條件不好，身邊追求者總不缺乏，只是繞呀繞的到頭來還是一個人。

其他的朋友中有嚴苛的評論來斷定我們的愛情觀：

為何不能讓自己多去嚐試感情的可能性呢？

為何那麼封狹呢？

這個世界上可以存在那麼多的生物及物質，但是為什麼不能容忍有不同的觀感呢？喜歡而想要擁有是可以想像的發展，但有沒有一種可能是不擁有呢？

我喜歡那種珍惜自己感情的慎重。好容易說愛的愛情的賞味期有時比巧克力的保存期限還短還易溶化。那些曾經的信誓旦旦，小心翼翼，讓我覺得廉價。這也只是一隻眼睛的觀點。

我喜歡「濃情巧克力」中男女主角躺在湖邊的對白：

你喜歡這樣嗎？帶著家當四處流浪的感覺？

（女）

當然。但你的方式更辛苦吧，每次得從無到有建

立一個家。（男）

或許這次我會有所調整。（女）

你的意思是……（男）

也許我會留下來。（女）

（男生笑）

怎麼了？（女）

（男生還是笑）

你有沒有想過也許你屬於某塊土地？（女）

代價太大了，到頭來會在意他人對你的期待。（男）

生活中許多朋友表現親密的方法是參與你的生活（或者說干涉），但這並不是每個人能接受的狀態。不是好不好對不對的問題。付出的人付出感情讓自己的情緒得到救贖，但那個被打散依別人價值而重組的人該怎麼辦呢？

大概就像電影中那隻袋鼠到了尾聲蹦蹦蹦地跳開。

Pralines情人

Pralines

比利時人給頂級巧克力的名稱。外層是巧
克力，裡面懷著不同的餡，是巧克力與果
仁磨成的，吃起來有層次分明的口感。
巧克力的保溫度是十多度上下恆溫。
太熱情或太冷淡都不適合。

06 一頂南瓜

『不是說小智會來嗎？怎麼沒有來？是不是在躲我，啊？』

『對。對。對。我是GAY，又怎樣？』

『怎麼樣？怎麼樣？你們不可以歧視同性戀。你們不可以……』

話還沒說完，氣急敗壞的我咔啦一聲，慷慨地吐在勸緩情緒的阿桂身上。

阿桂什麼話也沒有說，大手一伸就直直拖著我離開KT

一頂南瓜

V包廂。

打從一進店裡沒看到小智開始，按捺不了多久，我就對著麥克風嘶聲力竭，一首歌曲接著一首賣力地發洩，一回合之後直覺得口乾舌燥。

暗黃色的包廂裡，隨手抓到什麼就隨口乾了它。不知道是什麼組合而成的混酒飲料，裂開口便橫豎灌溉、澆涼著身體，然而燥氣還是熱熱地爬竄上我的臉，我的喉頭，我的胸口，最後鹹鹹地灼著我的嘴唇。

眼淚原來好鹹。

迷糊之中，恍惚意識到整個人被阿桂像捕狗大隊一樣拖丟出店外。

身體好重，一下子踉嗆站不住，索性便歪靠在東區的街柱。

早已打烊的商店，拉下臉的鐵門冷冰冰的。

台北入夜之後的寒意，善良地吹惜著街道。

冬天雖然已經離開了，但是那股低溫，還是讓我打個了顫抖。

『你喜歡的哥倫比亞。』

把咖啡丟給我之後，阿桂看沒也看就捱著我的身邊坐下。

脫去羊毛背心，阿桂穿著一件米黃格的襯衫。

我們都好喜歡格子。或許是迷戀在自成一局的方陣，可以停留的小小空間吧。

『燙。』

一頂南瓜

溢出來的熱度，輕輕地塗紅了手背。我愛惜地親吮著。

大概是把身體裡該吐的都吐光了，淺呷了一口熱咖啡，可以感受到液狀的溫度沿著喉嚨的線道一路向下，精神也逐漸地清醒。

不知道時間過去了多久，我無聊地四處逡巡，天空是篤定的昏藍色。

一向熱鬧雜沓的商店區，此刻噤聲地安靜。

偶然一列機車急疾馳行呼嘯而過，年輕的男女緊緊擁抱著。啊，青春呵。

『你不問我剛才我發飆的事嗎？』我打破沉默。

「這次的同學聚會很多人沒來。又不是什麼校內點名。畢業之後，大家都忙工作，今天來了十多個，算是很成功囉。」

阿桂人很體貼，總是默默地收拾著我破壞後的殘局。不責備，也不安慰。

「其實你們猜測的並沒有錯，我的確是同性戀。」

反正說都說了。躲躲藏藏那麼久，我再也不要騙自己。

「嗯。」

阿桂的臉很平靜，看不出情緒。

「嗯？就這樣呀。今天我大告白耶。」

阿桂的平靜出乎我意外。

『SO？』

阿桂的臉還是一副天下無事的樣子。

『SO？難道你沒有什麼問題要問我嗎？』

不知為什麼我竟然有些生氣。

『你要真正去吃過了才知道自己喜歡蘋果或者是梨子。

不然你以為你適合蘋果，

結果錯過了梨子。』

阿桂低著頭說話，目光停在散發星光的柏油路面。

『什麼蘋果梨子呀？這麼村上春樹。』

我的酒已經完全醒了。

『大三以前，我一直沒有勇氣去正視自己的愛情。這句話是你當年送給我的。你不記得了嗎？』

阿桂好容易看住我的眼，不知怎麼，此刻的他，好陌生。

『大四畢業那年班上的維亞向我告白。就這樣，我們很自然地在一起。我以為，她應該是我的蘋果天使。』

維亞是我們學校的校花。

大美女主動向男生告白，是一件大事，連常常翹課的我

一頂南瓜

都知道。

「畢業後不久，我就提出分手。不是維亞不好。不是我不喜歡她。不是喜不喜歡的問題。你懂不懂？」阿桂好誠懇地慢慢說。

「喔。不然是什麼問題。你發現你其實比較喜歡男生喔。」我覺得好氣又好笑。本來應該是我被輔導，現在反成了張老師。

「有時處在一大群人之間，覺得自己好像局外人。每個人好像可以自由來去，而自己總是和大家格格不入。

就是清清楚楚地看見自己進不了那個空間。」

阿桂閉上了眼睛，我知道那種無奈。

社會大眾在區分我的感情取向時，我也感受到那種驅逐出境的孤單。

「說得你好像Albert Camus。我們說是感情、聚會，不是喪禮耶。」

我試著讓氣氛不那麼僵。

「有時我反而羨慕你，可以那麼清楚地知道自己要的感情。

我連喜歡不喜歡都不確定，我只確定自己不太清楚。』

阿桂繼續自說自個的。

『我之所以那麼平靜是因為那些其實影響不了我。有也可以。沒有也可以。有時和別人分享這種感受，沒有這種感受的人只會覺得我莫名奇妙。說了不如不說。

所以啊，你很幸福呢。可以那麼篤定地看著一個人，因為他開心而開心，因為他難過而難過。』

阿桂看起來好累好累。

『謝謝你。第一次聽到別人祝福我。』

不知為什麼，暖色的溫度就會讓我鼻酸。

『所以你要加油喔。』

阿桂做出一個雙手握拳的姿勢。

『好日劇喔。你噁不噁心呀？』

我揮手推打著阿桂，掩飾著我的情緒。

習慣了夜裡的涼意其實也就不那麼冷。

等不到愛情的列車，就等下班列車吧。

就像今晚，我等到了友情列車。

一個好的朋友，就像一盞善良的燈。

不質疑。不讓你覺得熱。

偶爾，會有想打開光亮的想念。

07 雪結

『姑姑……。姑姑…。』

隱隱一陣一陣淒絕的哭聲，無奈地嘶襲著門。咚地撞擊我的夢境。

略略翻身，黑暗裡，夜盲症的眼睛，憑著手感，胡亂抓撈時鐘。

略略貼近臉部，螢隱的夜光反照在三點十一分。

灰灰的晨早。

哭泣聲仍持續進行著。

不是做夢。反應清醒時，我驚覺地躍起直直奔下樓。

仍然夜的天色裡，母親和小良，倆個人緊緊地蹲擁在一起。

開大冷調的風，溜著大門的缺口吹進客廳。

地板傳來陌生的體溫，使我下意識地環抱起自己赤裸的雙臂。

中午十二點，樓下的大古鐘精準地邁開答報聲數，緩慢而盡責。

悠悠張眼，疲累的身體仍靜止不動。

『夭壽喔。按怎會好好的婦人家不做，愛博。
軋人地下錢庄借錢，高利貸吶。
聽說，那些收錢的某甪人攏是黑社會ㄟ流氓。
冇錢還！拿刀拿槍，剁腳剁手喔。』

雪結

約四五十歲的婦人喧嘩，大聲的三姑六婆發表俗濫的正義。

了無睡意的我，起身下樓。

母親見我下樓，一邊緊熱地招呼我用餐，一邊熟練地將青菜新鮮地送入熱得卜卜跳的鍋中。幾的一聲，煙霧之中，我只看見母親的手快速地操作著。

順勢把桌上的菜色做一閱禮，每道菜都極盡母親想在一餐內養胖我的決心。

甫上桌面的盤菜盡力以飽滿的福態呵著氣，油亮油亮，試圖招引我的胃。

『趁熱，多吃一點，你看你瘦的……』

母親寸土寸金地檢查我身上有無長出的肉塊，憂戚地抬頭紋好像無法賣到好價錢的豬肉販。

「媽……」

看著母親的臉，我把吃不下的拒絕吞下，默默地的吃將起來。

『姑……』

小良不知何時出現在餐廳，來不及長大的身高，只夠把頭載沉載浮地擱淺在餐桌邊緣。

『要叫姊姊呀。』

母親示意小良和我互動。

雪結

『姊……』

小良的頭低沉沉的像個做錯事的小孩。

也不能怪小良，我們幾乎沒有累積什麼情誼。

會對我認生是很可以理解的。

那一年我結束一段愛戀。

當時幾近絕望的我，一通泣不成聲的電話，家人二話不說，把我從世俗以為瘋子的劇團小社會中拉接回家。對於原事的起因或者過程，母親技巧性的隻字不問，連電視裡播放情人畫面的時候，也警覺敏銳地適時轉台。

『爸，媽，我求你們讓我去表演，我用一輩子的光彩回報你們。』

加入劇團的前一晚，我跪在父母的面前哭得不能自己。當初不顧一切的加入劇團，放棄穩當的銀行工作，放棄飄渺的人際關係，在現實社會生活得很踏實且從來不懂得戲劇的父母親，只能用愛來理解。

「我們怎會不知道你喜歡戲劇，
我們不是阻止你的理想，
是擔心你之後的生活呀。」

親友們曾組團到戲劇院捧場以我為主角的一場戲。那場以荒謬主義為名的亞芒大師「茫人」作品，我幾近虛脫的演出，演進了巴黎藝術節應邀演出的機會，也讓父母知道，我在社群裡以為的價值觀中是註定的逃離者。他們是不懂，但是一定要放手。

雪結

只是沒想到放手不到幾年，哭著送出去的女兒還是哭著接回來。

母親做得菜好吃，但是太油，扒不到半碗飯，我已經忍不住膩。

『要不要吃冰淇淋，姊姊請客喔。』

小良一向禁不起零食的誘惑，我提議的犯罪計劃讓很胖的他很猶豫。

「那，那你不要告訴我爸爸喔，我爸爸最不喜歡我吃冰。」

小良的媽媽離家，爸爸把兼負的母親關心放在小良瑣碎的生活上，第一步是飲食。

「沒問題，姊姊最會保密了。」

我張著真誠的眼睛，狡猾地表演一場勸說戲碼。

演戲一向是我的強項。

其實整個社區的居民幾乎是熟識的親戚或朋友，我和小良的行動全在監看之下，逃不開成為所有三姑六婆報告時間的茶點。即使是很小的吃冰行為，都將成為他們了無新意的生活中訴說的配料。

「可是我爸爸好像真的不喜歡我吃冰，

以前我媽咪帶我去吃，

晚上我就聽見他們在吵架。

媽咪前天就不見了，一直沒有回家，一定是因為我。』

小良很自責地喃喃說著。

「不是的，不是小良的原因。」

『可是玉芬阿嬸跟我這樣說，她說是因為小良不乖……』

小良的頭好低，嘴巴因為委曲而壓得扁扁的。

「不是的，不是這樣。小良你要不要聽姊說？」

我嘗試著和小良溝通。

「小良有時會不乖，結果大人生氣就會罵小良囉。

但是，大人也時候也會做錯事的時候喔，就是也會

不乖啦，

可是小良可不可大方一點原諒大人呢？」

我問。

『可以呀，是不是我原諒大人做錯事我媽媽就會回家？

我爸爸是不是不會再罵我媽媽了呢？』

「嗯，有可能喔！」

我看著善良的小良。

『我一定會原諒大人的。』

小良自己說著，自己點頭像在確認。

「那麼我們去吃冰好不好？」

雪結

『好哇！我最喜歡吃草莓冰淇淋了。』

「我們比較誰先跑到巷口的便利商店，先到的可以吃二支草莓口味的冰淇淋喔！」

哇的一聲，小良圓圓短短的身影忽地奔向大門，愉快的手腳背影揮舞著。

我也隨著跑動起身體來，跑向已微微暗沈的天色之中。

國家圖書館出版品預行編目

我和我的餅乾屑 / 鵝黃色著 ; 丸子繪. -- 一版.
-- 臺北市 : 秀威資訊科技, 2004[民 93]
面 ; 公分. 參考書目 : 面
ISBN 978-986-7614-71-1(平裝)

848.6 93021397

BOD Books on Demand 語言文學類 PG0033

我和我的餅乾屑

作　　者 / 鵝黃色　著　丸子　繪圖
發 行 人 / 宋政坤
執行編輯 / 彭家莉
圖文排版 / 張慧雯
封面設計 / 羅季芬
數位轉譯 / 徐真玉　沈裕閔
圖書銷售 / 林怡君
法律顧問 / 毛國樑　律師
出版印製 / 秀威資訊科技股份有限公司
台北市內湖區瑞光路 583 巷 25 號 1 樓
電話：02-2657-9211　傳真：02-2657-9106
E-mail：service@showwe.com.tw
經 銷 商 / 紅螞蟻圖書有限公司
台北市內湖區舊宗路二段 121 巷 28、32 號 4 樓
電話：02-2795-3656　傳真：02-2795-4100
http://www.e-redant.com

2004 年 11 月 BOD 一版
定價：150 元

讀　者　回　函　卡

感謝您購買本書，為提升服務品質，煩請填寫以下問卷，收到您的寶貴意見後，我們會仔細收藏記錄並回贈紀念品，謝謝！

1.您購買的書名：______________________________

2.您從何得知本書的消息？

☐網路書店　☐部落格　☐資料庫搜尋　☐書訊　☐電子報　☐書店

☐平面媒體　☐ 朋友推薦　☐網站推薦　☐其他__________

3.您對本書的評價：(請填代號　1.非常滿意 2.滿意 3.尚可 4.再改進)

封面設計____　版面編排____　內容____　文/譯筆____　價格____

4.讀完書後您覺得：

☐很有收獲　☐有收獲　☐收獲不多　☐沒收獲

5.您會推薦本書給朋友嗎？

☐會　☐不會，為什麼？____

6.其他寶貴的意見：____

____

____

____

讀者基本資料

姓名：____________________　年齡：______　性別：☐女　☐男

聯絡電話：________________　E-mail：____________________

地址：____

學歷：☐高中(含)以下　☐高中　☐專科學校　☐大學

☐研究所(含)以上　☐其他________________

職業：☐製造業　☐金融業　☐資訊業　☐軍警　☐傳播業　☐自由業

☐服務業　☐公務員　☐教職　☐學生　☐其他__________

請貼郵票

To：114

台北市內湖區瑞光路 583 巷 25 號 1 樓

秀威資訊科技股份有限公司　　收

寄件人姓名：

寄件人地址：□□□

(請沿線對摺寄回,謝謝!)

秀威與 BOD

BOD（Books On Demand）是數位出版的大趨勢，秀威資訊率先運用 POD 數位印刷設備來生產書籍，並提供作者全程數位出版服務，致使書籍產銷零庫存，知識傳承不絕版，目前已開闢以下書系：

一、BOD 學術著作—專業論述的閱讀延伸
BOD 個人著作—分享生命的心路歷程
OD 旅遊著作—個人深度旅遊文學創作
、大陸學者—大陸專業學者學術出版
家經銷—數位產製的代發行書籍

書店：www.showwe.com.tw
店：www.govbooks.com.tw

己寫・永不休止的音符・自己唱

讀　者　回　函　卡

感謝您購買本書，為提升服務品質，煩請填寫以下問卷，收到您的寶貴意見後，我們會仔細收藏記錄並回贈紀念品，謝謝！

1.您購買的書名：＿＿＿＿＿＿＿＿＿＿＿＿＿＿＿＿

2.您從何得知本書的消息？

□網路書店　□部落格　□資料庫搜尋　□書訊　□電子報　□書店

□平面媒體　□　朋友推薦　□網站推薦　□其他＿＿＿＿＿

3.您對本書的評價：(請填代號　1.非常滿意 2.滿意 3.尚可 4.再改進)

封面設計＿＿　版面編排＿＿　內容＿＿　文/譯筆＿＿　價格＿＿

4.讀完書後您覺得：

□很有收獲　□有收獲　□收獲不多　□沒收獲

5.您會推薦本書給朋友嗎？

□會　□不會，為什麼？＿＿＿＿＿＿＿＿＿＿＿＿＿＿＿＿

6.其他寶貴的意見：＿＿＿＿＿＿＿＿＿＿＿＿＿＿＿＿

＿＿＿＿＿＿＿＿＿＿＿＿＿＿＿＿＿＿＿＿＿＿＿＿

＿＿＿＿＿＿＿＿＿＿＿＿＿＿＿＿＿＿＿＿＿＿＿＿

＿＿＿＿＿＿＿＿＿＿＿＿＿＿＿＿＿＿＿＿＿＿＿＿

讀者基本資料

姓名：＿＿＿＿＿＿＿＿＿＿　年齡：＿＿＿　性別：□女　□男

聯絡電話：＿＿＿＿＿＿＿＿　E-mail：＿＿＿＿＿＿＿＿＿＿

地址：＿＿＿＿＿＿＿＿＿＿＿＿＿＿＿＿＿＿＿＿＿＿＿＿

學歷：□高中(含)以下　□高中　□專科學校　□大學

□研究所(含)以上　□其他＿＿＿＿＿＿＿

職業：□製造業　□金融業　□資訊業　□軍警　□傳播業　□自由業

□服務業　□公務員　□教職　□學生　□其他＿＿＿＿＿

請貼
郵票

To：114

台北市內湖區瑞光路 583 巷 25 號 1 樓

秀威資訊科技股份有限公司　　收

寄件人姓名：

寄件人地址：□□□

(請沿線對摺寄回,謝謝!)

秀威與 BOD

BOD（Books On Demand）是數位出版的大趨勢，秀威資訊率先運用 POD 數位印刷設備來生產書籍，並提供作者全程數位出版服務，致使書籍產銷零庫存，知識傳承不絕版，目前已開闢以下書系：

一、BOD 學術著作—專業論述的閱讀延伸
二、BOD 個人著作—分享生命的心路歷程
三、BOD 旅遊著作—個人深度旅遊文學創作
四、BOD 大陸學者—大陸專業學者學術出版
五、POD 獨家經銷—數位產製的代發行書籍

BOD 秀威網路書店：www.showwe.com.tw
政府出版品網路書店：www.*gov*books.com.tw

永不絕版的故事・自己寫・永不休止的音符・自己唱